O Reino Secreto

Resposta: Caminho C

Ajude as meninas

Ah, não! Os Morceguinhos da Tempestade aprisionaram Trixibelle nas cavernas da Praia Cintilante! Mostre o caminho para Ellie, Jasmine e Summer e ajude as meninas a encontrar a fadinha.

Ellie, Summer e Jasmine devem pegar o caminho _____

Perfil
Rei Felício

Personalidade:
Gentil e esperto, mas às vezes confuso. Ainda bem que Trixi está sempre por perto para cuidar dele!

Lugar favorito no Reino Secreto:
Seu trono especial e aconchegante no Palácio Encantado.

Leia

O Vulcão Borbulhante

para descobrir o que acontece depois!

– Ou pelo menos abrir a Caixa Mágica – disse Ellie. – Se a gente pudesse ver todos os presentes incríveis que ganhamos lá, não ia parecer só um sonho!

Dentro da caixa havia seis compartimentos bem pequenos, e cada um continha um item mágico que as meninas tinham recebido em suas aventuras. Havia um mapa do Reino Secreto, um pequeno chifre prateado de unicórnio que dava o poder de falar com animais, um cristal que controlava o clima, uma ampulheta de gelo que podia congelar o tempo, uma pérola que deixava as meninas invisíveis e uma bolsinha de pó cintilante com mágica suficiente para conceder um desejo a cada uma delas. Seria tão legal poder tirar as coisas da caixa e dar uma olhada nelas, mas as meninas sabiam que a caixa só se abria quando os presentes eram necessários.

conseguiram quebrar os seis relâmpagos de
Malícia e ajudar aquela terra encantada
a recuperar a paz e a felicidade. A rainha
Malícia jurou que encontraria outra forma
de governar o Reino Secreto, mas até o
momento não havia mais sinais de problemas.

— Faz um tempão que não recebemos
nenhuma mensagem da Caixa Mágica
— disse Jasmine. — Faz meses que não
acontece nada!

— Acho que isso deve ser bom… para
o Reino Secreto, pelo menos — comentou
Summer. — Deve significar que está indo tudo
bem por lá.

Jasmine suspirou.

— Não quero que nada de ruim aconteça
ao Reino Secreto, mas eu queria muito que a
gente voltasse para lá!

criaturas maravilhosas entalhadas nas laterais, e no meio da tampa havia um espelho cercado por seis pedras preciosas verdes.

A Caixa Mágica vinha de um lugar chamado Reino Secreto. O rei Felício, o governante de lá, tinha feito a caixa para ajudar a salvar o reino. Quando ele foi escolhido para governar, em vez da sua irmã terrível, a rainha Malícia, ela escondeu seis relâmpagos horrorosos pelo Reino Secreto para causar problemas e arruinar a diversão de todos. A Caixa Mágica tinha viajado ao mundo dos humanos e encontrado as únicas pessoas que poderiam quebrar os terríveis feitiços da rainha Malícia: Summer, Jasmine e Ellie!

Com a ajuda da fadinha assistente do rei Felício, Trixi, e de muitos amigos maravilhosos do Reino Secreto, as meninas

— Obrigada, Ellie! Eu amei! — Jasmine sorriu.

— Meu burrinho é uma graça! — disse Summer, acariciando a cabeça coberta de pelos do bichinho.

— Que bom que vocês gostaram! — Ellie abriu um sorrisão e, logo em seguida, abaixou a voz. — Então, o que aconteceu por aqui enquanto eu estava fora? Vocês não foram para vocês-sabem-onde sem mim, foram? — perguntou, ansiosa.

— Não! — Jasmine riu. — Não recebemos nenhuma mensagem na você-sabe-o-quê.

— Está falando desta você-sabe-o-quê? — perguntou Summer, tirando uma caixa de madeira da mochila.

— A Caixa Mágica! — sussurrou Ellie.

Summer colocou a caixa no tapete com cuidado. Havia sereias, unicórnios e outras

semanas era um tempão para ficar longe de uma das melhores amigas!

– Ta-dá! – exclamou Ellie, ao pegar dois presentinhos de cima da escrivaninha e entregar para as amigas.

Os presentes estavam embrulhados em papel que ela mesma tinha decorado, o de Summer tinha desenhos de coelhinhos e o de Jasmine tinha notas musicais.

– São para vocês. Comprei na Espanha.

– Ah, obrigada! – as duas disseram ao mesmo tempo, abrindo os presentes.

Dentro do embrulho de Jasmine havia uma miniatura de uma dançarina de flamenco com cabelos escuros e um vestido vermelho de seda. O presente de Summer era um burrinho de pelúcia com orelhas compridas e um rostinho bem fofo.

– Vocês já chegaram! – exclamou Ellie, abrindo a porta de repente, enquanto as duas amigas corriam pela calçada, ofegantes.

As três meninas se abraçaram. Elas estavam de férias, e Ellie tinha passado duas semanas inteiras fora. Sua pele, que era bem branquinha, estava bronzeada, e os cachos ruivos estavam um pouco mais claros que o normal.

– Entrem! – Ellie gritou, arrastando as amigas para dentro.

– Oi, meninas! – disse a mãe de Ellie, da cozinha.

Jasmine e Summer a cumprimentaram em coro.

– A gente vai subir, mãe! – avisou Ellie.

As meninas subiram as escadas para o quarto de Ellie. Jasmine olhou em volta, observando as paredes roxas cobertas com desenhos que a própria Ellie tinha feito. Parecia que ela não ia lá fazia séculos. Duas

sobre animais, filmados num zoológico ou em um consultório veterinário.

Summer parecia horrorizada.

– Ah, não! Eu ia detestar aparecer na televisão.

– Eu ia adorar! – disse Jasmine. Ela jogou os braços para o alto e girou no lugar. Seus longos cabelos escuros voaram ao redor dos ombros. – Imagine só ser uma atriz, ou melhor ainda, uma estrela pop!

Summer abriu um sorriso. Ela, Jasmine e sua outra melhor amiga, Ellie Macdonald, eram muito diferentes, mas talvez fosse por isso que se davam tão bem; isso e o fato de terem um segredo mágico incrível, é claro!

Summer sentiu um arrepio de empolgação ao pensar no objeto precioso que havia dentro da sua mochila.

– Venha, sua lesminha! – ela brincou com Jasmine. – Vou chegar antes de você!

Um convite especial

— Summer, vamos! — Jasmine Smith apressou a amiga. — A Ellie deve estar se perguntando onde a gente está!

— Já vou! — Summer Hammond estava agachada, com as tranças loiras caindo sobre os ombros, enquanto tentava fazer uma joaninha sair da calçada e subir na sua mão.

Com muito cuidado, Summer a colocou numa parede ali perto.

— Aqui ela estará segura. Eu não podia deixá-la no chão. Alguém poderia pisar nela — ela disse para Jasmine.

Jasmine sorriu. Summer adorava os animais, mesmo os insetos como as joaninhas.

— Quando você crescer, vai ter que trabalhar em um desses programas de TV

Na próxima aventura no Reino Secreto,
Ellie, Summer e Jasmine vão visitar

O Vulcão Borbulhante!

Leia um trecho...

– E viver novas aventuras! – finalizou Jasmine, com os olhos brilhantes.

As três amigas sorriram uma para a outra. O Reino Secreto estava esperando por elas. Um dia a Caixa Mágica brilharia de novo, e elas mal podiam esperar por esse momento!

foi sumindo aos poucos e a caixa voltou ao normal.

– Sim, a gente vai voltar – disse Ellie, confiante.

– E vamos ver nossos amigos mais uma vez – afirmou Summer.

— Vivemos algumas aventuras incríveis — disse Jasmine quando a caixa se fechou bem devagar.

— A gente vai voltar, não vai? — Summer perguntou ansiosa.

— Olhem! — disse Ellie, assim que um lampejo cruzou a tampa espelhada, e as três observaram com atenção a superfície da caixa. — O rei Felício e a Trixi! — exclamou.

A face bondosa do rei mostrava um sorriso radiante, e Trixi pairava ao lado dele sobre a folha. Palavras subiram lentamente e formaram frases no espelho:

Obrigado, Ellie, Summer e Jasmine.
Até a próxima!

As três sorriram e acenaram também, muito felizes. Com outro lampejo, a imagem

A Praia Cintilante

Jasmine, Ellie e Summer acenaram para todos os seus amigos do Reino Secreto, depois deram as mãos. Trixi deu uma batidinha no anel, e um reluzente redemoinho começou a girar em torno das meninas.

Elas ouviam vozes de fadas ecoando por toda parte para se despedirem delas.

– Tchau! – exclamaram as meninas ao serem levantadas no ar e levadas dali.

Aterrissaram de volta em segurança no quarto de Ellie. Por um instante, todas elas piscaram.

– Chegamos em casa – disse Ellie com tristeza quando reconheceu o lugar.

– A caixa também – falou Summer, aliviada e olhando para a Caixa Mágica, agora a salvo sobre o tapete.

A tampa brilhou e se abriu. Ali dentro as meninas colocaram seu precioso saquinho com pó cintilante.

nariz. – Eu adorei as aventuras que vivemos juntas.

– Vamos sentir saudades de você também, Trixi – Ellie respondeu, sentindo seus olhos se encherem de lágrimas.

– Até logo! – exclamou Trixi.

– Bom, o Reino Secreto está seguro por enquanto – declarou Summer, sorrindo.

– Vamos voltar logo – acrescentou Ellie.

– E vamos lutar contra qualquer coisa que a rainha Malícia fizer para a gente! – concluiu Jasmine.

Enquanto as meninas comemoravam, as guirlandas de Summer desapareceram. O violão e o caderno também sumiram, e as meninas deram um suspiro de felicidade. A mágica tinha durado tempo suficiente!

O rei Felício bateu palmas.

– Chegou a hora de nos despedirmos das nossas amigas humanas. Pelo menos por enquanto – ele olhou para as meninas. – Nós agradecemos do fundo dos nossos corações.

Trixi voou até elas com lágrimas nos seus olhinhos azuis.

– Vou sentir tanta falta de vocês! – ela beijou cada uma das amigas na pontinha do

Todos ficaram olhando para a rainha Malícia, surpresos.

– Vocês me perguntaram se vão voltar para o Reino Secreto – disse o rei Felício, baixinho, com Trixi pairando ao lado de sua orelha, com uma expressão séria. – Bom, eu tenho um forte pressentimento de que vamos precisar da ajuda de vocês logo, logo.

Ellie, Jasmine e Summer se entreolharam e sorriram.

– Voltaremos sempre que vocês precisarem de nós – prometeu Jasmine. Ellie e Summer concordaram.

As fadas comemoraram. O ar se encheu com um burburinho descontraído e risadinhas cristalinas de fada.

Jasmine, Ellie e Summer se abraçaram. Trixi e as fadas uniram as mãos e voaram ao redor delas num círculo cintilante.

A Praia Cintilante

– Nãããão! – ginchou ela, mergulhando na água assim que os estilhaços atingiram seu barco, que se quebrou e começou a naufragar.

Os Morceguinhos da Tempestade subiram em uma das serpentes marinhas e ajudaram a ensopada rainha Malícia a subir na outra.

– Vocês ainda não viram do que eu sou capaz! – ela gritou enquanto a serpente a carregava para longe. – Esperem e verão!

– Pode funcionar direitinho! – disse Trixi. Ela voou bem alto e gritou a plenos pulmões:

*– Amigas fadas, nesta noite especial,
a Malícia vai conhecer todo o nosso potencial!*

Ela apontou as mãos para o relâmpago e, num instante, todas as fadas estavam fazendo o mesmo. Ellie, Jasmine e Summer também imitaram as fadas e mentalizaram, com a maior concentração possível, que o relâmpago iria se quebrar. De repente, uma luz azul e prateada emanou de suas mãos.
– Está funcionando! – gritou Summer.
O relâmpago atingiu a parede de luz e estilhaçou-se em um milhão de pedacinhos, que voaram direto para cima da rainha Malícia.

A Praia Cintilante

A rainha Malícia puxou as rédeas e, com um borrifar de água do mar, as serpentes pararam.

– Vocês acham que me derrotaram, suas pirralhas irritantes – ela gritou. – Mas eu vou voltar! Aqui está uma coisinha para vocês se lembrarem de mim! – ela bateu palmas e um relâmpago voou na direção da praia!

– Temos que impedir! – gritou Summer. – Podemos usar magia?

– A mágica de fadinha da Trixi nunca funciona contra os feitiços da rainha Malícia – comentou Jasmine, ansiosa.

– Mas a nossa mágica está superpoderosa esta noite porque acabamos de absorver um monte de pó cintilante – disse Trixi. – Se todas as fadas trabalharem juntas...

– É mesmo, e nós agora temos mágica também! – lembrou Ellie.

pequeno barco preto apareceu voando sobre as ondas.

– É a rainha Malícia! – exclamou Trixi. As fadas começaram a chorar e dar gritinhos.

Duas serpentes marinhas puxavam o barco negro da rainha. Ela estava na proa segurando longas rédeas e estalando um chicote. Na parte de trás do barco estavam os Morceguinhos da Tempestade agachados, zombando e gargalhando.

— Essa bolsinha contém pó cintilante da Praia Cintilante — explicou o rei. As meninas agradeceram. — Se precisarem, podem usá-lo para fazer magia. Porém, usem com sabedoria. Só existe quantidade suficiente para cada uma fazer um encanto.

Jasmine apertou a bolsinha quando se deu conta de que aquele presente ocuparia o último compartimento vazio na Caixa Mágica. Era um presente incrível, mas Jasmine sentiu vontade de chorar. Então, isso significava que elas não teriam mais aventuras mágicas? Ela olhou para Summer, cujos lábios tremiam, e soube que a amiga estava pensando a mesma coisa.

— Rei Felício, esta é a última vez que vamos visitar o Reino Secreto? — Jasmine deixou as palavras escaparem.

Assim que o rei abriu a boca para responder, houve um barulho no mar e um

— O que foi? — perguntou Summer, ao ver a preocupação da amiga.

Mas, antes que Ellie pudesse explicar, o rei já estava falando de novo.

— Para mostrar minha gratidão por tudo o que Summer, Ellie e Jasmine fizeram, eu tenho um presente para elas — ele deu um tapinha sobre uma caixa prateada na mesa ao lado. — Minhas queridas, por favor, venham até aqui.

Todos deram vivas quando as meninas subiram ao palco. O rei lhes entregou uma sacolinha feita de um tecido prateado cintilante. Na frente havia uma lua crescente bordada, com o mesmo formato da ilha.

Quando a música chegou ao fim, o rei Felício caminhou até a frente de todos e bateu palmas para pedir silêncio.

— Mais uma vez os planos perversos da minha irmã foram desfeitos pelas nossas três amigas humanas — ele proclamou com orgulho. — Os seis relâmpagos já foram encontrados, os feitiços foram desfeitos e o perigo que ameaçava nosso maravilhoso Reino Secreto já não existe mais.

Um pensamento assustador passou pela mente de Ellie. Foi incrível conseguirem conter a rainha Malícia, mas agora que os seis relâmpagos tinham sido encontrados, será que ela, Summer e Jasmine seriam chamadas de novo no Reino Secreto? Um arrepio frio percorreu a pele dela. Talvez fosse sua última visita.

— Não — Ellie sussurrou.

Na mesma hora surgiu um violão no ar. Suas cordas eram feitas de ouro radiante e a madeira era cravejada de pedrinhas cor-de-rosa bem vivo. Jasmine deu um gritinho e o apanhou, toda contente, para dedilhar as cordas. Ela se lembrou da canção que certa vez havia tocado no aniversário do rei e começou a tocá-la ali também, mas mudou alguns versos:

– *O Reino Secreto é mágico e surpreendente,*
aqui até mesmo a lua é sorridente.
O Solstício de Verão é para festejar,
a maldade da Malícia acabou e não vai voltar!

Com a música de Jasmine tomando conta do lugar, as fadas se uniram e até o rei Felício assobiou com elas. Ellie cantarolava junto, enquanto desenhava tudo o que estava acontecendo. Summer fazia guirlandas de flores para todos.

apareceu na areia! Com risadinhas deliciosas, Summer se inclinou e a colheu. Tinha um perfume maravilhoso!

Ellie não conseguiu resistir.

– Eu gostaria de um conjunto de desenho!

A menina apontou para a frente e ali apareceu um caderno de desenho junto com uma caixa dourada que tinha lápis de todas as cores possíveis. Tudo isso flutuou até Ellie, e o caderno se abriu como se a convidasse para desenhar. Ela escolheu um lápis e começou a rascunhar Trixi. Quando terminou, a folha cintilou um pouquinho, e o desenho começou a se mexer na página, acenando para ela, igualzinho à fada real.

– Que demais! – exclamou.

– Minha vez! – falou Jasmine, bastante animada. Em voz alta, apontou bem na sua frente e pediu: – Eu adoraria um violão!

a gente nem precisa de um encanto ou de um anel de fada. Vejam! Estrela brilhante!
– Trixi apontou na frente dela.

Uma estrela surgiu no ar, veio flutuando até a fadinha, reluzindo como um diamante, e pousou na sua mão.

Ellie lembrou-se do que Trixi havia dito mais cedo.

– Será que a gente absorveu um pouco de mágica?

– Não sei – riu Trixi. – Tente fazer alguma coisa!

Summer estendeu a mão meio na dúvida.

– Hum... uma flor! – disse ela. Houve um lampejo forte e uma linda flor dourada

pés até as asas. A luz banhava o rei Felício, Trixi e as meninas, causando arrepios e trazendo boas energias.

– Vejam, é pó cintilante! A magia está funcionando! – disse o rei Felício suspirando de satisfação.

Com um sorriso de contentamento, ele se sentou sobre algumas rochas ali perto.

– Olhem como todos estão felizes – disse Ellie quando duas fadas passaram ao lado dela, girando e rodopiando no ar, assim que o relógio deu doze badaladas.

Na badalada final, houve um clarão prateado bem forte e depois a areia cintilante voltou a ter o leve brilho dourado de sempre.

– Recebemos toda a nossa magia de volta por mais um ano, graças a vocês – declarou Trixi num gritinho, zunindo na direção das meninas. – E na véspera do Solstício de Verão,

A magia do Solstício de Verão

A areia na praia começou a cintilar como se fosse feita de minúsculas pedrinhas preciosas. O brilho todo se espalhava pela praia e adentrava o mar. Até mesmo o ar parecia reluzir sob a luz da lua. As fadas deliravam de felicidade, envoltas pelos brilhos que as faziam resplandecer desde a ponta dos

batiam as asas, cheias de entusiasmo, rindo e gritando de alegria.

Trixi desceu voando até as meninas.

– É quase meia-noite! – disse a fadinha, impaciente. – A magia do Solstício de Verão está prestes a começar!

– Funcionou! – comemorou Trixi quando as fadas se puseram a dançar e voar, girando e rodopiando no ar cintilante.

– Conseguimos – disse Ellie, abraçando as outras. – Quebramos o feitiço e a areia voltou. Bem a tempo!

O rei Felício jogou a coroa para o ar, tamanha sua alegria.

– Salvamos o dia... quer dizer, a noite, e destruímos o último relâmpago da minha irmã! – ele começou a fazer uma dancinha.

Jasmine apanhou a mão das amigas e as puxou num círculo. A areia era macia debaixo de seus pés. Elas foram girando mais e mais rápido na dança, dando gritinhos de felicidade. As meninas viram Willow e Trixi dançarem juntas no céu, logo ali perto. Elas acenaram e as duas amigas acenaram também. Para onde quer que olhassem, fadas

Areia roubada

As meninas seguiram para a beira do oceano, que reluzia ao luar, correndo o mais depressa que conseguiam.

– Aqui! – gritou Jasmine, colocando o grãozinho cintilante delicadamente na costa rochosa.

As amigas deram as mãos quando a areia tocou as rochas cinzentas. Por um segundo, nada aconteceu. Então, com um gigantesco estalo, o relâmpago na praia se estilhaçou em fragmentos pretos.

Ellie sentiu algo cair nela. Era como a mais fina, a mais leve chuva. Ela ergueu os olhos para o alto e ficou maravilhada.

– Está chovendo areia!

Areia flutuante descia do céu, cintilando ao luar e fazendo cócegas na pele das amigas. As fadas, que estavam por toda parte, notaram e começaram a dar vivas.

Trixi suspirou e curvou os ombros. Ela se virou para olhar a praia.

— Era para a areia estar tão linda, reluzindo no luar. E eu queria tanto que nós tivéssemos visto... — lamentou ela.

— Eu estou vendo! — Summer surpreendeu-se, perdendo o fôlego. Ela apontou para o manto roxo do rei Felício. Ali, brilhando como uma estrela dourada, estava um único grão de areia!

— Oh, ótimo trabalho, Vossa Majestade! — gritaram as meninas.

— Fique paradinho, rei Felício — disse Jasmine, estendendo a mão com muito cuidado, com dedos trêmulos, para pegar o precioso grão de areia.

Summer soltou a respiração quando Jasmine o apanhou.

— Rápido! Temos que colocá-lo na praia antes que o relógio bata meia-noite!

conseguiam ver se Trixi estava entre elas.

— Ali está ela! — gritou um dos morceguinhos.

— Não, ela está aqui! — berrou outro.

As meninas olharam para o alto. Nem mesmo elas podiam dizer se Trixi estava escondida na multidão rodopiante de fadas!

— Shhh! — veio uma vozinha abaixo delas. — Estou aqui! — Trixi estava no chão, escondida atrás de uma pedra.

Jasmine, Summer, Ellie e o rei Felício foram de fininho até lá. A fadinha parecia muito tristonha.

— Eu perdi toda a areia — choramingou. — Vocês pegaram alguma coisa?

Cada um verificou suas mãos e suas roupas, mas não havia areia em lugar nenhum.

— gritou uma fadinha.

— Como se atrevem a roubar nossa areia?!

As fadas rodearam os Morceguinhos da Tempestade a uma pequena distância para não serem apanhadas pelos dedos pontudos. Havia tantas que os morceguinhos não

demais.

– Se ao menos a gente pudesse voar! – ela comentou, frustrada.

– Eu tenho algumas amigas fadas que conseguem! – gritou Jasmine, correndo para a praia.

– Temos que tentar pegar um pouco da areia – Ellie disse à Summer. As meninas correram e ficaram embaixo de Trixi, que voava de um lado para outro logo acima, e estenderam os braços para pegar os grãos que caíam. O rei Felício segurou o manto e tentou pegar alguns também.

– É impossível! – lamentou Ellie, enquanto mais e mais da preciosa areia caía das roupas de Trixi e se perdia no meio das pedras.

De repente houve um grito e Jasmine voltou correndo para a caverna, quase sem fôlego. Acima dela vinha uma nuvem de várias fadas furiosas, batendo asas.

– Vão embora, seus morcegos horrorosos!

A Praia Cintilante

de suas roupas.

O rei Felício, Summer, Ellie e Jasmine ficaram observando, preocupados.

– O que vamos fazer? – perguntou o rei

Felício. As meninas se entreolharam, sem saber a resposta.

Ellie tentou pular e apanhar um Morceguinho da Tempestade que passou por cima de sua cabeça, mas ele voava alto

mãos com todo cuidado, elas correram lá para fora.

Summer mal havia saído da caverna quando uma perna ossuda apareceu na sua frente e a fez tropeçar.

– Aiii! – gritou ela, soltando Trixi e estendendo as mãos para impedir a queda.

Trixi conseguiu segurar a folha e pular nela antes de despencar no chão, mas ao fazer isso, um pouco dos grãozinhos de areia que estavam na sua roupa caiu.

– A areia! – ela gritou.

Uma risada má foi ouvida atrás dela. Um Morceguinho da Tempestade estava voando para cima dela, com as mãos ossudas prontas para agarrá-la.

– Socorro! – gritou Trixi, fugindo dele. Mais e mais morceguinhos a perseguiam agora, mas Trixi era rápida demais para eles. Ao se abaixar e se esquivar, mais areia caiu

coisas – disse Jasmine, andando de um lado para outro.

– Geralmente, para quebrar o relâmpago, precisamos reverter a mágica – comentou Summer, pensativa. – Este relâmpago roubou toda a areia. Se a gente conseguir devolvê-la à praia, talvez o feitiço se quebre.

– Mas não temos areia nenhuma – lembrou Ellie. – A rainha Malícia levou tudo.

– Mas não tudinho! Olhem! – exclamou Summer e apontou para Trixi. Os cabelos e as roupas da fadinha ainda estavam cobertos de grãozinhos finos de areia reluzente no lugar onde havia sido derrubada pela rainha Malícia.

– Mas por acaso é suficiente para quebrar o feitiço? – disse Ellie.

– Acho que só há uma forma de descobrir! – exclamou Jasmine.

Com Summer carregando Trixi nas

com a folha ao lado. Ela começou a chorar.

— A rainha está certa. Sem a areia, não vai mais haver mágica nenhuma por um ano inteirinho.

Summer não podia aguentar ver Trixi tão chateada. Ela segurou a fadinha nas mãos com cuidado.

— Por favor, não se preocupe. Ainda temos tempo para resolver esse problema.

— Receio que não muito. Já é quase meia-noite — o rei Felício apontou para fora. A noite havia caído enquanto as meninas estavam dentro da caverna, e a Praia Cintilante estava banhada em luar.

Trixi começou a chorar ainda mais alto.

As meninas foram para a entrada. Lá na praia, as fadas andavam de um lado para outro, perdidas. As pontas pretas e serrilhadas no relâmpago despontavam do meio das rochas projetando sombras tão pontiagudas quanto a coroa da rainha Malícia.

— Deve haver algum jeito de consertar as

— Ah, não! – Trixi gritou, triste. – Minha magia acabou!

A rainha Malícia deu uma gargalhada estridente.

— Depois de hoje, ninguém mais no reino vai ter mágica nenhuma. A mágica será toda minha! – sua voz se elevou triunfante. – Serei mais poderosa do que nunca!

Batendo palmas, ela desapareceu, e levou toda a areia junto!

Ellie, Jasmine e Summer ficaram olhando, horrorizadas.

— Agora o que vamos fazer?! – disse Jasmine.

Com a montanha de areia desaparecida, Trixi foi deixada sentada no chão da caverna,

– Trixi! – as meninas prenderam a respiração quando viram a folha girar sem controle.

Por sorte, Trixi aterrissou numa pilha de areia. Ela se sentou nos grãos dourados e apontou o anel para a rainha com postura desafiante, mas quando deu uma batida para tentar lançar um encanto, apenas algumas fagulhas trêmulas apareceram.

mágica? Vocês não vão quebrar meu sexto relâmpago!

– Malícia! – ecoou a voz do rei Felício, que apareceu correndo pela entrada da caverna. – Minha cara, por favor, pare de se comportar assim.

– Quem é você para me dizer o que fazer? – perguntou a rainha Malícia num grito raivoso.

– Ele é o rei! – Trixi apareceu pela lateral e parou no ar entre ele e a rainha, com os bracinhos mínimos cruzados e um olhar bem zangado. – Você devia dar ouvidos a ele! – gritou.

A rainha fechou a cara.

– Rá! Não vou dar ouvidos a ele e com certeza não vou dar ouvidos a você! – ela estalou os dedos e um minúsculo relâmpago saiu voando deles.

Trixi tentou se esquivar, mas o raio acertou sua folha e ela foi lançada no ar.

Areia roubada

Os olhos pretos como o céu da meia-noite da maléfica rainha reluziam de fúria. Ela apontou um dedo ossudo para as três amigas e falou:

— Já estou cheia de vocês, suas humanas enxeridas e intrometidas! Como se atrevem a voltar a esta terra só para impedir a minha

Um plano astuto

– Foi bem divertido! – Ellie sorriu.

– E agora podemos levar toda a areia de volta para a praia! – disse Jasmine.

– Nãããããão! – um berro raivoso ecoou por toda a caverna. As meninas deram um pulo e giraram no lugar. Summer deu um gritinho de susto e as outras prenderam a respiração. Ali, parada bem na entrada da caverna, estava a rainha Malícia em pessoa!

A Praia Cintilante

– Conseguimos! – disse Summer.

– E bem a tempo! – completou Jasmine à medida que elas ficavam visíveis de novo.

Os morceguinhos fugiram para a praia rochosa e dispararam direto para o oceano turquesa. Eles entraram no mar em meio a uma enorme agitação, espirrando água e gritando sobre fantasmas.

Um plano astuto

Ellie teve que segurar as risadinhas.

— Sou o Fantasma Monstro das Cócegas! — disse ela numa voz assustadora como a de Jasmine, lembrando-se de como tinha feito Molly gritar. — Cuidado! Cuidaaaaaaaaado!

Ela foi atrás dos outros morceguinhos por toda a caverna, espetando e cutucando um por um enquanto Jasmine fazia barulhos fantasmagóricos e Summer empurrava sacos de areia.

— Deixem essa areia mágica desprezível pra lá! — gritou o menor dos morceguinhos. — Eu vou é dar o fora daqui!

— Eu também! — berrou outro.

— Não esqueçam de mim! — ganiu o que estava no chão.

Os oito morceguinhos dispararam para a entrada da caverna, empurrando e derrubando uns aos outros durante a fuga.

A Praia Cintilante

– Somos os fantasmas das Cavernas Cintilantes e viemos pegar todos vocês! Uuuuuuuuuuuh!

Os morceguinhos começaram a correr de um lado para outro. Quando um deles se aproximou, Ellie teve uma ideia: estendeu a mão livre e fez cócegas nele.

– Aahh! Eeh! Aahh! – gritou a criatura. – O fantasma me pegou!

Um plano astuto

– Como isso aconteceu? – quis saber um dos morceguinhos.

– Fantasmas! – disse o menor, olhando em volta, todo preocupado. – Eu disse, são fantasmas!

Jasmine respirou fundo e começou a fazer um barulho estranho que misturava uivos e gemidos.

– Ahhh! – gritaram os morceguinhos. O menor deles se afastou de costas tão depressa que tropeçou sobre a pá e caiu no chão, o que fez o morcego do lado dele se estatelar também. Quando Ellie e Summer começaram com os ruídos fantasmagóricos, os outros morceguinhos também começaram a correr e a trombar uns nos outros. Jasmine chutou mais dois sacos de areia. Ela era muito boa em representar personagens e então usou sua melhor voz assustadora:

As meninas mal se atreviam a respirar.

– Talvez seja um fantasma – disse o menor dos morceguinhos.

– Não seja boboca – disse outro. – Esse negócio de fantasma não existe.

Mas Ellie viu que todos os morceguinhos começavam a ficar um pouco preocupados. "É isso!" – ela pensou, lembrando-se de como havia levado um susto quando Molly pulou nela, em casa. Ela segurou a mão de Jasmine e sussurrou o mais baixo que conseguiu:

– Se fingirmos ser fantasmas vamos assustá-los tanto que eles vão fugir, e a gente não vai precisar ficar invisível! Não vai ter a menor chance de eles voltarem, porque estarão assustados demais!

Jasmine passou a mensagem para Summer e depois chutou um saco de areia ali perto.

Apavorados, os morceguinhos pularam de novo quando o objeto caiu.

Um plano astuto

As meninas continuaram paradas, imóveis, o máximo que conseguiam. Summer tinha certeza de que dava para os morcegos ouvirem seu coração batendo forte no peito.

As criaturas voltaram pouco a pouco ao trabalho. Jasmine continuou a andar, puxando as amigas junto, rumo ao fundo da caverna, mas enquanto fazia isso, sentiu uma vontade de espirrar. Ela engoliu e tentou segurar, mas não estava funcionando. De repente, o espirro saiu bem alto.

— *Aaah-tchiiim!*

Todos os morceguinhos deram um pulo.

— Quem está aí? — perguntou um deles.

escuridão, as meninas conseguiram enxergar as asas dos morceguinhos encolhidas nas costas. Ellie, Summer e Jasmine prenderam a respiração e foram entrando na caverna na pontinha dos pés, aproximando-se da areia com muito cuidado.

Clank!

Ellie tropeçou em uma pá que estava no chão, e o objeto bateu com força contra as rochas. Os morceguinhos ergueram os olhos. As meninas paralisaram, apertando as mãos umas das outras bem forte. Um pensamento horrível cruzou a mente de Jasmine: a pérola só as manteria invisíveis por um curto espaço de tempo. E se a mágica passasse antes que elas conseguissem recuperar a areia?

– O que foi esse barulho? – perguntou um morceguinho.

– Não sei – disse outro. Eles olharam em volta desconfiados.

Um plano astuto

as três meninas ficaram completamente invisíveis!

— Trixi, e quanto a você? — perguntou a voz de Jasmine, no ar.

— A mágica das sereias não funciona nem no rei e nem em mim — explicou a fadinha. — Meninas, acho que vocês vão ter que fazer isso sozinhas.

— Não tem problema. Vamos trazer a areia de volta! — respondeu a corajosa Jasmine.

— Esperamos que sim — disse Summer, um pouco nervosa.

— Claro que vamos! — reafirmou Ellie.

— Boa sorte! — desejaram Trixi e o rei.

De mãos dadas, as meninas partiram para a entrada da caverna. Estava muito escuro lá dentro, mas conseguiam ouvir os morceguinhos conversando, pegando areia com as pás e colocando dentro dos sacos. Conforme os olhos foram se acostumando à

— De uma inteligência excepcional, Vossa Majestade — Trixi sorriu. A tampa da caixa começou a se abrir lentamente e, guardada dentro de um pequeno compartimento de madeira, havia uma pérola prateada, reluzente e brilhosa.

— Podemos usá-la para nos tornarmos invisíveis e entrar na caverna — sussurrou Summer ao mesmo tempo em que pegava a pérola da caixa. Quase imediatamente seus dedos e mãos sumiram e então ela desapareceu inteira!

— Summer? Aonde você foi? — exclamou Jasmine. Logo ela deu um salto quando Summer a cutucou de leve nas costelas.

— Ainda estou aqui! — a voz de Summer surgiu atrás delas. — Aqui, segurem minha mão.

Jasmine sentiu a mão de Summer tocar a sua e depois pegou os dedos de Ellie com a outra mão. Segurando-se umas às outras,

Um plano astuto

Houve um lampejo prateado bem forte e Summer soltou uma exclamação de surpresa: um objeto pesado caiu nos seus braços.

– A Caixa Mágica!

Ellie e Jasmine trocaram olhares, felizes da vida. A Caixa Mágica tinha o costume maravilhoso de aparecer bem quando era realmente necessária!

O rei Felício se mostrava orgulhoso.

– Foi uma invenção muito inteligente, não foi? – perguntou à Trixi.

— Shhh! – pediu Jasmine, correndo até o rei. – Encontramos a areia! Mas também encontramos os Morceguinhos da Tempestade! – ela sussurrou.

Trixi e o rei ficaram muito preocupados quando as meninas explicaram o que tinham visto.

— Mas se eles mandarem a areia para a rainha Malícia, todo mundo vai perder a mágica que tem! – concluiu o rei Felício.

— Precisamos encontrar uma forma de pegar a areia de volta – disse Jasmine.

Ellie enrugou a testa, pensativa.

— Talvez a gente possa entrar de fininho e pegar os sacos.

— Mas os morceguinhos vão nos ver – apontou Jasmine.

— A pérola! – exclamou Summer e todos a observaram. – Esqueceram? As sereias nos deram uma pérola que pode ser usada para ficarmos invisíveis!

Um plano astuto

recuaram um pouco pela entrada da caverna.

— Willow estava certa. A areia está mesmo na caverna! — sussurrou Ellie.

— E os morceguinhos vão levar tudo para a rainha Malícia! — disse Jasmine. — Temos que detê-los!

Elas se entreolharam, sem saber como fariam isso.

— Ei, garotas! — gritou uma voz que fez todas elas darem um salto. O rei Felício estava acenando enquanto subia sobre as rochas, todo desajeitado. Trixi pairava atrás dele, segurando o manto dele no alto.

– Rápido! – berrou um deles. – Quando a rainha Malícia estiver com essa areia, ninguém mais vai poder atrapalhar os planos dela!

Summer prendeu a respiração. Jasmine avançou bem devagar e espiou dentro da caverna escura, seguida por Ellie e Summer. Lá dentro havia uma montanha de areia dourada e cintilante. Oito Morceguinhos da Tempestade pegavam porções de areia com uma pá, guardavam dentro de sacos e os empilhavam. As meninas

Um plano astuto

Jasmine, Summer e Ellie passaram pela entrada da caverna na ponta dos pés. Era bem grande, mesmo que agora elas estivessem em tamanho normal. À medida que iam se aproximando, podiam ouvir os Morceguinhos da Tempestade gritando uns com os outros.

a frente. Estava escuro, mas mesmo assim dava para enxergar muitas pegadas pontudas na lama ao redor da entrada.

– Shh – alertou Ellie. – Escutem!

Elas ouviram vozes agudas tagarelando que vinham de dentro da caverna.

– São os Morceguinhos da Tempestade! – um arrepio percorreu as costas de Ellie quando ela pensou nos ajudantes de cabelos espetados da rainha Malícia.

– O que será que eles estão aprontando? – perguntou Summer, trêmula.

Jasmine endireitou as costas e olhou para as duas amigas.

– Só há um jeito de descobrir. Vamos!

conseguiram ver uma caverna na base dos penhascos.

– Demais! Bom trabalho, Willow! – disse Jasmine.

Cheia de orgulho, a fadinha abriu um sorriso radiante. Depois de se despedirem de Willow, as meninas correram pela praia.

– Olhem! – sussurrou Jasmine ao se aproximarem da caverna. Ela apontou para

A maldade da rainha Malícia

– Mas, primeiro, temos que descobrir para onde foi aquele tornado – disse Ellie.
– E parece que ninguém viu o que aconteceu com ele.

– Eu vi! – declarou Willow.

Todos olharam para ela com espanto.

– Eu vi o tornado rodopiar para dentro daquela caverna ali – ela continuou, apontando para um local com penhascos íngremes e cinzentos que despontavam na baía. As meninas

A Praia Cintilante

A nuvem de fadas batia asas no alto. Ellie e Jasmine sentaram-se também, e então Ellie notou uma fada de aparência familiar batendo as asinhas por perto. Ela prestou mais atenção e percebeu que era Willow. Agora parecia tão minúscula!

– Olá – sorriu Ellie, abrindo a mão com a palma para cima. A fadinha pousou ali, leve como uma pluma.

Willow as encarava com os olhos bem arregalados.

– Vocês vão nos ajudar a trazer a areia de volta?

– Vamos, sim – disse Jasmine. – Não se preocupe, vamos resolver essa história de uma vez por todas.

— Excelente ideia! – declarou o rei Felício.

— Hum, talvez primeiro eu deva... – Trixi voou ao redor dele e deu uma batidinha no anel. As boias desapareceram dos braços dele com um clarão.

O rei sorriu para ela e ajustou a coroa.

— Ah, sim. Obrigado, Trixi!

As fadas estavam reunidas na praia e conversavam ansiosas. Quando o rei Felício e as meninas se aproximaram, todas as fadas se amontoaram em volta deles e começaram a falar ao mesmo tempo.

— Por favor, precisamos da sua ajuda! – gritou uma fadinha de asas roxas.

Summer, Ellie e Jasmine começaram a perguntar sobre o tornado, mas ninguém viu para onde ele tinha ido.

— Não adianta – disse Summer, ao se sentar na praia rochosa.

– Eu vim o mais rápido que consegui. O que foi que minha irmã medonha fez desta vez? – disse o rei todo aflito.

– O relâmpago dela roubou toda a areia da Praia Cintilante. Não sobrou nem um grãozinho, Vossa Majestade! – gritou Trixi.

– Oh, puxa vida – o rei Felício suspirou e olhou para as meninas. – Vocês já bolaram um plano para resolver o problema?

– Ainda não – disse Jasmine. – O tornado veio e levou toda a areia embora muito depressa.

– Verdade. Mas onde ela foi parar depois disso? Para onde será que o tornado levou a areia? – acrescentou Ellie, pensativa.

– Não sei – disse Trixi. – Eu estava ocupada demais procurando pelo relâmpago.

– Eu também – emendou Summer.

– Talvez alguma das fadas tenha notado. Vamos perguntar por aí – sugeriu Jasmine.

— Ah, muito bem, muito bem... Excelente trabalho, Trixi. Olá, meninas — ele acenou de novo para elas, desta vez sem cair.

A mágica de Trixi o fez pousar na praia com todo cuidado, e Ellie, Summer e Jasmine correram para junto dele. Jasmine era da mesma altura que o rei Felício, mas agora ele parecia um gigante perto dela! De repente, as amigas se sentiram muito pequenas. Trixi deve ter notado, pois deu uma batidinha no anel e cantarolou:

*— De volta ao tamanho de gente,
Jasmine, Summer, Ellie: cresçam imediatamente!*

As meninas se esticaram até voltarem ao normal. Ellie deu risadinhas para si mesma ao se dar conta de que o rei Felício estava usando óculos de sol junto com os óculos de meia-lua.

A Praia Cintilante

Do outro lado das ondas, as meninas viram Trixi dar uma batidinha no anel. O rei foi levantado da água e flutuou acima dela, com a fadinha pairando ao redor dos ombros dele. Trixi apontou para a costa e ele começou a voar por cima das ondas com a ajuda da magia.

A maldade da rainha Malícia

– Olá, olá! – ele gritou quando as meninas correram para a beira da água.

Segurando as rédeas em uma das mãos, ele tentou acenar e perdeu o equilíbrio. Seus braços giraram no ar desesperadamente.

– Uooou! – gritou, alarmado.

– Minha nossa! – Trixi cobriu a boca com as mãos quando viu o rei tombar de costas e cair na água. Ele boiou, sustentado pelas boias dos braços, enquanto os golfinhos, surpresos, o rodeavam. – Volto num segundo! – gritou Trixi sobre a folha ao se aproximar do rei.

De repente, algumas fadas começaram a apontar para o mar. Preocupadas, as meninas acompanharam seu olhar. Havia um brilho multicolorido no ar sobre as ondas e, no ponto onde o arco-íris encontrava a água, uma pessoa um tanto rechonchuda apareceu de repente.

– É o rei Felício! E ele está fazendo esqui aquático! – surpreendeu-se Jasmine.

O rei redondo vinha em direção a elas com um esqui aquático preso em cada pé. Estava segurando rédeas de algas marinhas verdes e era puxado por dois golfinhos acima das ondas. Vestia uma bermuda comprida e toda estampada e tinha boias amarelas nos braços, além dos óculos de meia-lua. Seu manto voava com o vento e a coroa estava empoleirada em cima de um chapéu de praia branco.

em letras prateadas no ar. Com uma segunda batida e um pequeno estalo, as palavras desapareceram.

– Eu queria saber quanto tempo vai demorar para o rei Felício chegar – falou Summer.

– Ele vai vir assim que receber minha mensagem – respondeu Trixi. – Ele está no Palácio Encantado nesse momento, então pode usar o escorregador de arco-íris que há na lagoa do jardim para chegar a qualquer lugar do reino que ele quiser.

– Nesse meio-tempo, é melhor a gente começar a pensar em como resolver mais essa! – disse Jasmine, determinada.

As meninas andaram pela praia cinzenta e rochosa, confortando todas as fadas que encontravam pelo caminho. Algumas estavam chorando, outras olhavam com horror e apontavam para o relâmpago. As meninas detestavam vê-las tão chateadas.

bater meia-noite, ninguém no reino vai poder fazer mágica nenhuma por um ano inteiro!

– Não se preocupe – disse Ellie, passando o braço ao redor de Trixi. – Vamos quebrar o relâmpago e trazer a areia de volta antes da meia-noite.

Jasmine reafirmou.

– Já derrotamos a rainha Malícia antes e podemos derrotar de novo!

– Até parece que vamos deixá-la se livrar dessa! – jurou Summer.

Trixi ficou um pouco mais feliz.

– É melhor eu pedir para o rei Felício vir. Ele precisa saber o que sua irmã encrenqueira anda fazendo – Trixi deu uma batidinha no anel, e o nome do rei Felício apareceu

A maldade da rainha Malícia

Na praia, só ficaram as pedras. Ellie, Jasmine e Summer correram para fora da loja. Trixi e Willow estavam ao lado delas, prestes a chorar.

– Isso é terrível! – disse Trixi. – O que vamos fazer? Agora está ficando escuro e, se a areia não estiver aqui quando o relógio

Um festival de fadas

Os morceguinhos gargalhavam e zombavam enquanto eram levados pelo tornado.

Todos ficaram olhando sem acreditar. Cada grãozinho da linda areia reluzente havia desaparecido!

A Praia Cintilante

– É o relâmpago! – disse Summer, ofegante. Estava bem enterrado, só dava para ver a pontinha preta.

– Acho que ele estava debaixo da areia! – exclamou Ellie, assustada.

Um festival de fadas

Summer e Ellie ficaram sem ar ao reconhecer as criaturas terríveis agachadas em cima das nuvens que acompanhavam o movimento circular do ciclone. Os morceguinhos guinchavam e riam conforme o vento ganhava cada vez mais velocidade. Logo, toda a areia tinha desaparecido, e as meninas conseguiram ver que o vento saía de um objeto preto e serrilhado que estava fincado no solo rochoso.

— Sigam-me! — chamou, apressando-as ao entrar numa loja e passar por várias outras fadas preocupadas. Elas se agacharam atrás de uma vitrine de copos feitos de casca de castanhas e espiaram pela janela a praia de onde o tornado estava se aproximando em seus rodopios, varrendo barcos e pranchas de surfe, feitas de conchas de mexilhões, que haviam sido abandonados.

— Olhem! Está levando toda a areia! — Summer gritou quando o redemoinho alcançou a praia e toda linda areia dourada começou a girar junto com ele.

As fadas gritaram, tentando lançar encantos para impedir, mas nada funcionou.

Bem nessa hora, Jasmine avistou silhuetas se movendo no redemoinho.

— Morceguinhos da Tempestade! — gritou ela, apontando para as figuras sombrias.

— O que é aquilo? – perguntou.

As outras seguiram o olhar de Ellie. Uma nuvem escura sobrevoava as águas e parecia ir em direção à Praia Cintilante.

— Parece um tornado! – exclamou Jasmine.

A nuvem que se aproximava da praia tinha forma de funil e girava e girava sem parar. Assim que viram a nuvem, as fadas começaram a gritar, assustadas.

— Rápido! É um redemoinho! Entrem! – os gritos continuaram.

Trixibelle pulou sobre a folha e passou voando pelas meninas.

suspeito.

Jasmine caminhou até uma banquinha cheia de guloseimas de aparência deliciosa e leu as etiquetas:

– Picolés de gelo, gotas de orvalho de mel, algodão-doce de rosas.

Tudo parecia tão gostoso, que sua barriga roncou alto! Mas não havia tempo para parar e experimentar. Ela precisava encontrar um relâmpago!

Quando o som de oito sinos ecoou pelo mar, Trixi e as outras meninas correram até a torre do relógio sacudindo a cabeça assim que se encontraram.

– Não há sinal de problemas em lugar nenhum – suspirou Trixi.

– Também não encontrei nada no porto – disse Willow, ao pousar ao lado delas.

Mas, bem nesse momento, Ellie viu algo no céu.

havia fadas vendendo pequenos anéis e pulseiras feitos de madeira polida e roupas costuradas a partir de folhas, algumas verdes e primaveris e outras nos lindos tons dourados e avermelhados do outono.

Summer falou com uma fada bonita que vendia conchas e colares maravilhosos, bem como delicados castelos de areia dourada. Mas a vendedora não tinha visto nada

ameaça de um relâmpago para arruinar tudo – Ellie suspirou, olhando em volta para as bancas repletas de coisas bonitas e para as lojinhas à moda antiga, com cestas de flores coloridas penduradas do lado de fora. – Eu adoraria vir passar as férias na Praia Cintilante!

Summer e Jasmine concordaram.

– É um lugar tão bonito! – elogiou Summer. – É por isso que não podemos deixar a rainha Malícia destruí-lo!

– Vamos nos dividir – sugeriu Jasmine. – Podemos nos encontrar na torre do relógio às oito horas – disse ela, apontando para a torre prateada cintilante no centro da praça da cidade.

– Gritem se vocês virem alguma coisa estranha! – exclamou Ellie ao correr para a loja mais próxima.

Summer olhou pelas barracas onde

vibrando as asinhas.

Ellie fez que sim, e Willow sorriu.

– Estou tão feliz por conhecer vocês. Estamos todos tão agradecidos por toda a ajuda que vocês nos deram para derrotar a rainha Malícia.

Trixi balançou a cabeça, melancólica.

– Nós achamos que ela disparou um relâmpago aqui na Praia Cintilante.

– Ah, não! – Willow exclamou, assustada.

– Temos que encontrá-lo antes que ele destrua a cerimônia – acrescentou Ellie.

– Você nos ajuda a procurar?

– É claro! Vou até o porto perguntar se alguém viu alguma coisa – respondeu Willow vibrando as asas.

– Vamos vasculhar a cidade – disse Trixi.

Willow voou em direção ao mar, e a fada e as meninas seguiram para as lojas.

– Eu queria poder estar aqui sem a

A Praia Cintilante

flores silvestres presas em seu cabelo.

– Olá! – ela cumprimentou, encantada.

– Ellie, Summer, Jasmine, esta é a fada Willow, minha amiga – Trixi apresentou.

Willow olhou para as tiaras.

– Vocês devem ser as meninas humanas que andam encontrando os relâmpagos da rainha Malícia e resolvendo todos os problemas que eles causam! – exclamou,

de concha. Empinando a cabeça para fora da água, os golfinhos abriram a boca num sorriso cheio de dentes. Summer ficou na ponta dos pés e deu um tapinha no focinho de um deles.

– Obrigada pela carona! – ela exclamou, toda feliz.

Os golfinhos fizeram um barulho de estalo que soava como *"de nada!"*.

Assim que Trixi voou com a folha para fora do barco, outra fada veio voando depressa para abraçá-la. Usava um vestido azul-vivo com uma flor vermelha no ombro. Suas asas delicadas eram turquesa como o mar, e havia

A Praia Cintilante

Summer estava pensando numa coisa.

– O pó cintilante vai nos dar magia também?

Trixi enrugou a testa.

– Isso eu não sei. Mas esta noite será uma noite super, supermágica. Qualquer coisa pode acontecer!

– Mesmo que a gente só consiga fazer mágica por pouco tempo, já seria incrível! – disse Jasmine, lançando um olhar animado para as outras.

– Mas não podemos nos esquecer do relâmpago da rainha Malícia. Lembrem-se que temos que encontrá-lo antes que ele cause problemas – avisou Summer.

Ellie e Jasmine concordaram balançando a cabeça. Elas realmente tinham que ficar de olho! Não haveria como saber que tipo de coisas horríveis a rainha Malícia estava planejando.

Os golfinhos as puxaram até o cais de madeira, e as meninas desceram do barco

— Oh, isso é demais! — disse Jasmine, afastando os cabelos longos e escuros do rosto.

— Esse é um dos meus lugares favoritos em todo o reino — disse Trixi. — E é tão importante. À meia-noite, na véspera do Solstício de Verão, a areia dourada se transforma em pó cintilante por um minuto. Nesse momento, toda a magia é devolvida à terra por mais um ano. As fadas sempre vêm para assistir a esse acontecimento, mas eu nunca vi antes. Mal posso esperar! — Trixi olhou para seu anel de fada. — Eu tive que fazer tantos encantos para o rei Felício este ano que minha magia quase se esgotou! Sem a areia da Praia Cintilante não haveria mágica nenhuma, em lugar algum do Reino Secreto.

— Puxa vida! — sussurrou Ellie. — A gente pode assistir?

— É claro — respondeu Trixi.

até fazendo uma parada de mão, equilibrando-se na prancha com a ajuda das asas que batiam delicadamente. Ele passou em alta velocidade ao lado das meninas e jogou uma onda que quebrou sobre todas elas.

Elas deram gritinhos.

– Desculpem! – ele gritou.

– Não tem problema! – respondeu Ellie, jogando água nele também.

— Isso é porque esses são iates de fadas. Além de navegar na água, eles também voam!

— E olhem só os surfistas! — exclamou Ellie.

Ao redor das meninas, havia fadas surfando em conchas longas e planas de mexilhão. Vestidas com biquínis coloridos ou calções de banho, elas pegavam onda, algumas se equilibrando com os braços esticados, outras girando no lugar ou saltando no ar antes de pousar de volta nas pranchas, com asas brilhando à luz do sol. Um menino fada estava

A Praia Cintilante

Ellie pôs a mão no topo da cabeça para verificar se ela estava usando a tiara que sempre aparecia quando ela ia para o Reino Secreto. O enfeite servia para mostrar que ela era amiga e ajudante especial do rei Felício. Com certeza, a tiara estava no lugar, só que bem pequena, para combinar com o tamanho que Ellie tinha agora. Jasmine e Summer também estavam usando a tiara delas.

– A Praia Cintilante fica logo em frente, meninas – Trixi acenou um braço em direção ao porto. As meninas conseguiam enxergar as lojinhas e as barracas na baía e os barcos coloridos amarrados ao cais.

– Olhem, os barcos têm asas no lugar das velas! – Jasmine gritou quando chegaram mais perto.

Trixi abriu um sorriso.

Um festival de fadas

— Estamos pequenininhas! — Ellie se deu conta ao ver que estava do mesmo tamanho de Trixi.

As outras duas levaram um susto.

— É por isso que os golfinhos parecem tão enormes! — concluiu Summer.

— Eu achei que era melhor deixar vocês pequenininhas, ou não conseguiriam aproveitar a Praia Cintilante como tem que ser. Há muito para se ver e fazer aqui, mas tudo foi construído para fadas! — explicou Trixi.

— É incrível ser tão pequena assim — falou Summer passando os braços ao redor de Trixi.
— É muito bom poder abraçar você!

A Praia Cintilante

— Uau! – sussurrou Ellie ao abrir os olhos.
Elas estavam em um barco feito com
uma grande concha branca, puxado por
dois enormes golfinhos prateados. A água
turquesa respingava nas costas deles enquanto
navegavam sobre as ondas, deixando para
trás um rastro de espuma branca como
a neve. O sol brilhava forte no céu azul
inigualável, e elas seguiram em direção ao
um pequeno cais na praia resplandecente.

Um festival de fadas

Ellie e Summer seguraram as mãos umas das outras bem a tempo de a magia começar a girá-las no ar!

Elas ficaram girando e girando, até que a mágica as colocou no chão devagarinho. As amigas sentiram o toque do sol na pele e um movimento suave debaixo dos pés.

A Praia Cintilante

— Mas é para lá que todas as fadas vão! Ah, não! Talvez o relâmpago horrível da rainha Malícia pretenda arruinar a festa das fadas!

— Não se preocupe — Ellie apressou-se a dizer, ao ver a expressão alarmada na face de Trixi. — Nós vamos com você para a Praia Cintilante. Se um relâmpago tiver caído lá, vamos resolver as coisas logo, logo!

— Oh, obrigada! — Trixi disse, agradecida. Ela deu uma batidinha no anel e cantarolou:

— A rainha má planejou uma guerra.
Ajudantes corajosas, voem para salvar nossa terra!

Assim que a fadinha falou, o enigma do relâmpago desapareceu e suas palavras se formaram no espelho. As paredes roxas do quarto de Ellie desapareceram, e as meninas foram envolvidas por raios de sol. Jasmine,

especial. Todos os anos, na véspera do Solstício de Verão, as fadas do reino se encontram para ver a magia do reino ser renovada. E eu vou também!

Ao ouvir isso, Ellie se lembrou da Caixa Mágica.

– Ah! O enigma disse alguma coisa sobre solstício! – ela exclamou.

Trixi parou de rodopiar.

– Minha nossa! Eu estava tão empolgada com minhas férias que acabei me esquecendo de que só vejo vocês quando algo deu errado! A Caixa Mágica indicou onde está o próximo relâmpago?

– Sim, em um lugar com areia reluzente – respondeu Ellie. – Achamos que pode ser a Praia Cintilante.

Trixi leu o enigma no espelho da Caixa Mágica e seus olhos azuis se arregalaram.

– Olá, meninas. É muito bom ver vocês de novo! – Trixi sorriu.

– Você está linda! – disse Ellie, olhando para a amiga fadinha, que exibia um vestido amarelo-vivo, feito de pétalas de girassol, e um belo par de óculos de sol. Ela também usava uma linda guirlanda de flores multicoloridas ao redor do pescoço.

– Eu estava me preparando para sair de férias! – Trixi disse, voando numa pirueta com a folha. – Estou tão animada! Minha amiga fada, Willow, me convidou para ir com ela a uma cerimônia

Um festival de fadas

Houve um lampejo, e os desenhos nas paredes do quarto de Ellie farfalharam. A luz era tão forte que as três amigas piscaram. Quando abriram os olhos de novo, elas ouviram uma risadinha cristalina. Uma pequena fada, já conhecida, estava pairando na frente delas sobre uma folha flutuante!

– Trixibelle! Você veio nos levar para outra aventura! – exclamou Jasmine, muito animada.

Começa a aventura

enrugando a testa de preocupação ao olhar mais uma vez para o enigma.

— Aqui diz "um relâmpago na areia reluzente" — repetiu Summer. — Bom, a gente tem areia na beira do mar... então talvez a gente vá para uma praia?

— A Praia Cintilante! — exclamou Jasmine, apontando para a placa perto de um cais com lojinhas e barcos. — Em um lugar com um nome desses, deve ter areia reluzente.

Ellie e Summer logo fizeram que sim balançando a cabeça, animadas.

Os olhos castanhos de Jasmine brilharam de entusiasmo.

— O que estamos esperando? Vamos chamar a Trixi!

As meninas colocaram as mãos sobre as pedras verdes na tampa da caixa e se olharam.

— A resposta do enigma é Praia Cintilante! — disseram ao mesmo tempo.

– Olhem! O Vale dos Unicórnios! – disse Summer, observando a área do mapa onde havia unicórnios caminhando, com os chifres prateados e dourados reluzindo à luz do sol.

– E a Montanha Mágica – falou Jasmine, apontando para uma grande elevação coberta de neve, onde havia fadinhas por toda parte, esquiando e deslizando por enormes escorregadores feitos de gelo.

– Eu queria saber em que lugar eles precisam da gente desta vez – disse Ellie,

Começa a aventura

De repente a caixa se abriu e um pedaço de pergaminho saiu de dentro dela flutuando. Era o mapa mágico!

Ellie o desdobrou com cuidado enquanto Summer e Jasmine espiavam sobre seus ombros. O mapa brilhou em cores. As imagens mágicas representadas nele mostravam o que estava acontecendo na ilha em formato de lua crescente do Reino Secreto, com suas lindas colinas esverdeadas, águas turquesa e praias de enseada.

– Ta-dá! – Ellie tirou o suéter de cima da caixa.

– Olhem! – gritou Summer. – A gente vai mesmo para o Reino Secreto de novo!

– Quem vocês acham que vamos conhecer desta vez? – disse Jasmine.

– Vamos ver o que diz o enigma! – Ellie disse e leu atentamente as palavras que haviam se formado no espelho:

– O perigo está de novo presente,
um relâmpago na areia reluzente.
Um feito maléfico vocês consertarão,
antes do solstício de verão.

As meninas se entreolharam, confusas.

– O que significa? – perguntou Summer, torcendo a ponta das tranças. Aonde temos que ir?

Começa a aventura

tempo, Jasmine apareceu na esquina pedalando sua bicicleta.

– Então está mesmo acontecendo? – Jasmine sussurrou, tirando o capacete e soltando os cabelos escuros sobre os ombros.

– Está! – respondeu Ellie, transbordando de felicidade.

As três correram para dentro.

– Olá, meninas! Vocês vão ficar para o chá? – perguntou a Sra. Macdonald, da cozinha.

– Sim, por favor – Summer e Jasmine responderam em coro.

– Espero que a gente viva uma aventura incrível antes disso! – Jasmine murmurou para Ellie e Summer. As meninas sabiam que o tempo no mundo real ficava parado quando elas estavam no Reino Secreto, por isso a mãe de Ellie nem sequer sentiria a falta delas. As amigas trocaram um sorriso e correram para cima.

A Praia Cintilante

a visse, e desceu correndo as escadas para usar o telefone. Precisava contar logo para Jasmine e Summer!

– Prometa que não vai olhar o enigma na tampa da caixa até a gente chegar aí – implorou Jasmine quando Ellie ligou.

– Eu não vou olhar! – respondeu a amiga, embora estivesse desesperada para descobrir o que o enigma tinha a dizer, e em qual lugar do Reino Secreto a presença delas era solicitada naquele momento.

Ellie esperou impaciente na porta de casa. Jasmine e Summer também moravam no Vilarejo de Valemel, mas estavam demorando uma eternidade para chegar. Cada minuto parecia uma hora! Por fim, Ellie viu Summer correndo pela rua, com as tranças loiras voando atrás dela. Ao mesmo

Começa a aventura

imagem de Trixi, a pequena fadinha real que as meninas tinham encontrado em todas as suas aventuras. Ellie era muito boa em arte, mas ainda não conseguia fazer a fadinha parecer tão espontânea e desinibida como era na vida real.

Depois de descansar um pouquinho, ela olhou para a caixa e quase caiu da cadeira, tamanha foi sua surpresa.

A Caixa Mágica estava brilhando!

Ansiosa, Ellie levantou-se num salto e derrubou até o porta-lápis.

– Que demais! É hora de outra aventura!

Ela jogou o suéter da escola sobre a caixa, caso alguém entrasse de repente e

A porta da frente se abriu e a Sra. Macdonald olhou para dentro.

— O que está acontecendo, meninas?

Molly mal conseguia segurar os risinhos.

— A Ellie estava fazendo cócegas em mim, mamãe, e agora eu fiquei com... Fiquei com... *hic!*

— Soluço — Ellie completou, sorrindo.

— Ai, Molly — a Sra. Macdonald sacudiu a cabeça. — Venha, vamos pegar um pouco de água. Você teve um bom dia na escola, Ellie? — perguntou a mãe, por cima do ombro, enquanto levava Molly.

— Tive um ótimo dia, obrigada, mãe. Só quero ficar no meu quarto um pouquinho.

Ellie apanhou a Caixa Mágica e correu escada acima. Depois de colocá-la com segurança sobre a escrivaninha, tirar o uniforme e trocar de roupa, ela pegou o caderno de desenho e começou a traçar a

Começa a aventura

Molly gritou e deu um empurrãozinho na irmã mais velha.

– Ellie, pare!

Ellie fez mais cócegas.

– Não! Eu sou o monstro das cócegas, vim pegar você! – brincou ela, perseguindo Molly pelo corredor.

Molly riu e deu gritinhos.

– Aiii, aiii... *hic!* – um soluço alto escapou e as duas irmãs desataram a rir.

A Praia Cintilante

A última coisa que ela queria era Molly olhando a Caixa Mágica! Ali dentro havia seis compartimentos de madeira, e cinco deles estavam preenchidos com os objetos especiais que Ellie e as amigas tinham reunido em suas aventuras. Havia um mapa mágico do Reino Secreto; um pequeno chifre prateado de unicórnio que permitia à pessoa que o segurasse falar com os animais; um cristal de nuvem que poderia ser usado para controlar o clima; uma pérola que deixava a pessoa invisível; e uma ampulheta de gelo que poderia ser usada para congelar o tempo. Se Molly encontrasse essas coisas, iria querer saber de onde tinham vindo, e as três amigas não podiam contar a ninguém sobre o Reino Secreto!

Ellie levantou a caixa acima da cabeça de sua irmã e a colocou sobre o aparador. Em seguida, com um salto para frente, começou a fazer cócegas em Molly para distraí-la.

Começa a aventura

— GRRRRR! – com um grito alto, Molly, a irmã mais nova de Ellie, saltou do lado do aparador onde havia se escondido.

Ellie quase deixou a caixa cair com o susto que levou.

— Molly!

A pequena deu gritinhos de viva, toda contente.

— Eu fiz você pular, Ellie!

Molly tinha quatro anos e era igualzinha à Ellie quando tinha a mesma idade, com cachos ruivos que chegavam aos ombros e olhos verdes travessos. Ela adorava pregar peças na irmã mais velha.

— O que é isso? – perguntou, curiosa, ao avistar a caixa nos braços de Ellie.

— Nada.

— Quero ver! – Molly tentou olhar.

— É só uma caixa velha, Molly – respondeu Ellie, mais que depressa.

via era seu próprio reflexo e seus cachos avermelhados caindo ao redor do rosto.

Ellie suspirou e, com cuidado, levou a caixa pelo corredor. Avistou a mãe pela janela, arrumando as cestas suspensas no jardim da frente, e saiu de fininho em direção às escadas, segurando firme a Caixa Mágica.

Começa a aventura

a desagradável rainha. Sempre que um relâmpago causava confusão ao Reino Secreto, um enigma aparecia na tampa da Caixa Mágica para dizer às meninas onde a presença delas era solicitada. Quando resolviam o enigma, Ellie, Summer e Jasmine eram levadas ao reino para tentar ajudar. As três amigas já tinham vivido cinco aventuras maravilhosas, e Ellie mal podia esperar que a magia entrasse em ação de novo!

Esperançosa, Ellie tirou a Caixa Mágica da mochila e observou os entalhes incríveis que cobriam as laterais, e as pedras preciosas reluzentes que decoravam a tampa espelhada. Se ao menos a tampa começasse a brilhar, era sinal de que havia chegado a hora de Ellie e suas amigas voltarem ao Reino Secreto. Porém, tudo o que a garota

Quando abriu a mochila, Ellie sentiu uma onda de ansiedade. Ela e suas melhores amigas, Summer e Jasmine, eram as únicas que sabiam que a caixa era muito mais do que um simples porta-joias, pois ela tinha sido feita pelo governante de uma terra mágica chamada Reino Secreto, onde viviam criaturas incríveis como fadas, sereias, unicórnios e duendes. Era um lugar maravilhoso, mas estava passando por problemas terríveis.

Quando todos naquela terra decidiram que desejavam o bondoso rei Felício como governante, em vez de sua irmã horrível, a rainha Malícia lançou seis relâmpagos que caíram em diferentes partes do reino. Cada um deles tinha o poder de criar problemas e trazer grande infelicidade. Ellie e suas amigas tinham prometido ajudar a deter

Começa a aventura

– Oi, mãe, cheguei!

Ellie Macdonald entrou correndo na cozinha vazia pela porta dos fundos. Tirou a mochila dos ombros e a colocou no chão com cuidado. Afinal, havia uma coisa muito especial lá dentro! No fundo, enrolada no agasalho do uniforme, estava uma misteriosa caixa de madeira.

Sumário

Começa a aventura	9
Um festival de fadas	25
A maldade da rainha Malícia	49
Um plano astuto	63
Areia roubada	79
A magia do Solstício de Verão	95

A Praia Cintilante

ROSIE BANKS

Ciranda Cultural

Um obrigada especial para Linda Chapman.

Para Sarah Hawkins, por fazer do Reino Secreto o lugar mágico e maravilhoso que é!

CIP-BRASIL. CATALOGAÇÃO NA PUBLICAÇÃO
SINDICATO NACIONAL DOS EDITORES DE LIVROS, RJ

B17p
Banks, Rosie
   A praia cintilante / Rosie Banks ; ilustração Orchard Books ; tradução Monique D'Orazio. - 1. ed. - Barueri, SP : Ciranda Cultural, 2016.
   128 p. : il. ; 20 cm. (O reino secreto)

   Tradução de: Glitter beach
   ISBN 9788538061144

   1. Ficção infantojuvenil inglesa. I. Orchard Books. II. D'Orazio, Monique. III. Título. III. Série.

16-32912   CDD: 028.5
                                                                              CDU: 087.5

© 2012 Orchard Books
Publicado pela primeira vez em 2012 pela Orchard Books.
Texto © 2012 Hothouse Fiction Limited
Ilustrações © 2012 Orchard Books

© 2016 desta edição:
Ciranda Cultural Editora e Distribuidora Ltda.
Tradução: Monique D'Orazio
Preparação: Sandra Schamas

1ª Edição
www.cirandacultural.com.br
Todos os direitos reservados. Nenhuma parte desta publicação pode ser reproduzida, arquivada em sistema de busca ou transmitida por qualquer meio, seja ele eletrônico, fotocópia, gravação ou outros, sem prévia autorização do detentor dos direitos, e não pode circular encadernada ou encapada de maneira distinta àquela em que foi publicada, ou sem que as mesmas condições sejam impostas aos compradores subsequentes.